나는
그곳에
살았다

정진국 시집

나는 그곳에 살았다

1판 1쇄 발행 2024년 8월 30일

저자 정진국

교정 신선미 **편집** 문서아 **마케팅·지원** 김혜지

펴낸곳 (주)하움출판사 **펴낸이** 문현광

이메일 haum1000@naver.com **홈페이지** haum.kr
블로그 blog.naver.com/haum1000 **인스타그램** @haum1007

ISBN 979-11-94276-17-3(03810)

차 례

차

살가운 얼굴
까마득한 눈매
차 내리는 손길이 여유롭다
가슴에 이따만 한 얘기 보따리
찻상에 풀어놓으면
푸른 상상 차실에 그득하고
얼마나 깊을까
대양의 한가운데
조그만 잠수함으로
그 깊이까지 도달하는 데
천 년의 시간이 걸릴까
생명마다 거룩한 혁신으로
빛깔 바꿈 하는 오후
얕은 산으로 둘러쳐진 우치리
온화한 마음
가을을 우린다

차 2

수심(水深) 깊은 찻잔
여인은 차를 내리고
고도(古都)를 우린 듯
구수한 미미(美味)
목줄기 넘어서다
푸른 신경으로 퍼져
온몸에 스미는 다향(茶香)
바야흐로,
천신(天神)이 탐하는 음료
하기(下氣)엔 최고이니
한 잔 술에 오른 상기(上氣)
다룰 바 없을 시(時)
이 차 한 모금 어떠리

아씨여, 무슨 슬픔으로 무너지는가

어디로 가는가
뱃전에 서서
앙가슴 거센 물결에 씻겨
돌아오는 건
흰 포말(泡沫)
옥색 저고리
분홍 치마
금빛 댕기 머리
청춘의 바다 시월에 젖고
순정의 손을 흔들며
아득히 흐려지는 시야
아씨여, 무슨 슬픔으로 무너지는가

끝까지 간 길

끝까지 간 길
거기엔 무엇도 없다
다 놓고
버리고
새도 없고
사시나무도 없고
달랑
컬컬한 한 병 술에
육편 몇 조각
김치 한 접시
그림자와 마주 앉아
담배 연기 하늘로 털고
음복주 한 모금에
쏟아지는 장대빛
시월에 취하다

혼례식

하늘은 징허니 눈부셨더니라

4월의 신부와 10월의 신랑이 혼례를 올린다
맑고도 고운 눈길들
마음 모아 축사(祝辭)의 볕에
차일(遮日)을 묶어
높이 매달고
빛 가운데 빛
그들이 서로 인사를 하고
합환주를 마시고
폐백을 마치자
들큰들큰 음식이 드나들어
애, 어른 구별 없이 입맛을 채우고
혼례 부조금
꿩 한 마리
좁쌀 몇 되
옥수수 한 말
잔치는 익어가고
하객들이 떠나고
빛은 노을 속으로 사라져
세상의 밤이란 밤은 다 몰려와
푸근히 이불을 덮었드란다
4월의 신부와 10월의 신랑은
돌돌 냇물이 되었드란다

새

산노을 색의 농도를 넘다
새는 어둠을 날지 않는다
잠옷을 입지 않고
둥지에 배를 밀착시키고 누워
미세한 밤공기를 들이킨다
밤이 고든고든 술렁이는 곳곳
부리를 겨냥하여 쪼아보지만
날개뼈가 삐덕거린다
숲에 잠결로 깃들어
엉켰다 풀어졌다,
…그의 생은 습자지다

안개 씌운 새벽

뇌가 아무것도 씌어지지 않은 화장지처럼 하얗다
달걀흰자처럼 힘이 없다
애마가 단말마를 지르며 헐떡거린다
차가 뜸한 새벽을 부딪히며 엑셀을 밟는다
해우초 연기 바람 속으로 순식간에 저며들고
육신의 피로가 서서히 일어선다
편의점 알바의 눈이 까맣게 조는데
1600원짜리 캔맥주 하나를 계산대에 내민다
짤막한 소음이 오가고 집으로 돌아온다
낯익은 도로 표지판에서 우회전
쌀쌀한 가을이 먼저 내린다
주차 후 도로에 안개가 썰다

소녀

길은 느리게 이어지고
마음은 한량없이 밝아

청춘의 강에
배 띄워 불러보자

밥과
혼의 노래를

시월의
가슴

길 어디쯤
세월도 부러진 솔나무 끝

애타게
끊임없이

오,
단발머리 소녀야

그대, 오시거든

그대,
가실 때 꽃으로 가시더니
오실 땐 푸른 강 물빛으로 오시겠죠?
날마다 생명이 변합니다
희망이란 이런 것이겠지요?
어린 달맞이 마음 희한한데
시월의 호주머니엔 무얼 담아야 할까요?
당신의 키 높이만큼 자란 그리움
보름달이야 알 길 있겠습니까만
정다운 골목길 양지뜸,
빛이 바람에 날려 재 너머로 흩어집니다
감이 풍요로운 가을에 제 풍요를 더합니다
싸한 가을이 입맞춤을 들이댑니다
나는 창문을 닫습니다
찻소리가 뜸해져 갑니다
쓰레기를 태우러 나가야겠습니다
모든 것을,
내 안의 모든 것을 연민할까 봅니다

기일(忌日)

여인의 여윈 눈물이 곱다

볼에 멈추었다가

쨍 제기에 떨어진다

빈 가슴 추스르는 가늘고 긴 손가락

차가워진 임의 심장에도 가 닿을 수 있으리

살아서 조그만 한 공기의 밥

죽어서는 놋주발 고봉밥 한 그릇

아이들도 숙연한 제삿날

밤은 깊었으나

표정 잃은 얼굴 하나

돌아갈 면목이 없어 고개를 수그리고

잘 있어요 한마디

서늘바람에 서걱인다

돌아가는 길

달님이 초췌하게 떠 있다

여자와 남자

여자의 사랑은 백 년이 가고
남자의 사랑은 일 년이 못 간다는데
꼭 그런 것만은 아니더군

여자가 있었어
목소리가 고운 여자였지
품에 안고 싶은 여자였지

가을잎 붉게 흐르는 냇물에
징검다리를 포르포르 뛰어넘던 여자
흰 눈 내리는 벌판 한가운데서
함박 팔을 벌리고 백화(白花)가 되던 여자

여자의 숨은 일찍 끊어지고
하지만 남자의 사랑은 백 년을 치달렸어

서낭목 아래
이 얘기를 아는 사람들은 비손을 비비게 되었지
작은 돌탑이 쌓였지

김제역

흔들리는
호남선 실내등
달은 흐끄무레
사물은 어둠에 묻혀
사념만 한 다발
가을은 봇짐을 메고 어디로 가는지
만경강,
동진강,
김제라 서쪽으로 흐르고
바람은 이역처럼 울어
몸살에 데쳐기는
고추밭
나는 여기서 내린다
잘 가거라 느림뱅이 열차여!

대출

농협에 갔네
대출 좀 하고 싶어서
200만 원인데
근로소득증명원이나 농지원부가 있어야 된다는군
내가 기초생활수급자이니 그 증명서로는 안 되겠냐고 했더니
목소리 예쁜 과장이 자그마한 표정으로 안 된다고 해
짠하지만 어쩔 수 없어요 한마디 덧붙여서
금융기관에 돈 빌려달라 난생처음 손 내민건데 아쉽더군
그렇지만 어쩌겠나
돌아오는 길에 해우초 한 갑 샀지
응접실에 앉아 섹시한 트롯 가수의 노래를 듣고 있어
마른 바람이 잘게 부서지며 들을 감아 도네
이쌰,
2250원짜리 와인을 사와야겠어
차가 떨어졌으니 그거라도 마시고 한 숨 자야지 안 되겠네
햇빛이 오늘따라 여간 어렵게 지워지려 해
하하,
저기 봐
붉은 동백송이 건드리기만 해도 뚝 떨어질 것 같지 않나
내일도 볼 수 있길 바란다며 인사를 한다네
안녕~
그래 너도 안녕~

도곡로컬푸드

사릇사릇
투피스 아가씨
감칠맛 나게 걷네
얼굴이나 한 번 봐볼까
따라가 괜시리 오해 사면 안 되지
2500원짜리 딸기 요거트를 살까 말까
2250원짜리 와인을 들었다 놨다
감이 나올 때가 됐지
단감, 대봉감
돈이 많으면 돈을 먹어서 먹고 싶은 것이 없고
돈이 없으면 돈을 먹을 수 없어 먹고 싶은 것이 많아지고
계산대에서 해우초 한 갑 계산하고 나오는데
치맛바람 살근살근 투피스 아가씨
한 아름 장바구니를 차에 싣네
떠나네,
안녕이네

옛 추억

아주 맑은 유리창에
손을 쫘악 펴서 갖다 대면
푸욱 진한 그 맑음이 찢어집니다
다시 반대로 하면
투명할 대로 투명한 유리 알갱이들이
손바닥에 들썩 묻어납니다

가을빛이 응접실에 그득 차 있군요
고와서 그윽한 눈길로 마당을 더듬습니다
예쁜 여자애처럼 날씬한 가로수
맥없이 기진한 들녘에 그림자를 던지고
조그만 들창가에 푸른 잎 날립니다
아파도 아프지 않은 옛 추억 하나 보냅니다

노을

제 갈 길을 잃었나
태양은 한 점에 멈춰
욕심껏 햇살을 뿌리네
조그마한 빛 가루를 던지네
차도
오토바이도
도로에 소음을 일렬로 세우고
빨간 동그랑땡이
녹색 동그랑땡이 될 때까지 움직이질 않네
굳어버린 들판에 나락이 휘어 있고
낡은 농기계 그림자
동산(東山)으로 갈까 말까 서버렸네
보입시더 치마 입은 여자 하나
푸른 하늘에
여태 먹었던 홍시를 토해내네

고인돌

썩어서,
슬픔이 썩어서 나는 울음소리
검은 새들의 둥지에서
밤새 뒤척이다
새벽 어스름을 물고
지석천으로 떠났다
푸른 물에
부리를 씻고
몇천 년의 적석(積石)에 무거워진
인간의 DNA를 탐한 채
또,
그들과 함께
가을 서정을 온몸에 발랐다

노을 2

푸른 모시하늘
누런 삼베 땅
날실 씨실 엮어 몇 필인가
갈잎 물가에 동동이고
들국화 자그맣게
동리에 흔한 무심인 것들
여자의 손에 키워지고
아이들 키만큼 높아진
고추밭,
이고 진 가을의 무게는 어떠랴
어느 손님이 부리고 간
푸념,
서산에 단단히 박히고
절따마의 굽 소리 흰 구름에 또각거리다

세인의 목숨

농부들이
시원시원 들판을 깎는다
그루터기만 남기고
단정히 이발한다
봄부터 한여름을 거쳐 오늘까지
철 따라 커온 벼
아직 깎이지 않은 나락
바람에 노란 몸이 쓰러지고 일어서고
세상에 가벼운 것이란 없다
무게를 버린 무게란 없다
그러므로 오늘
들이 가르치는 것은
하,
세인의 목숨이 볏알에 달려 있다는 것!

반달

있지요? 글쎄 있지요이~?

뭐가 있을까?

나는 여자를 두껍게 쳐다보았다

보성일까?

목폴까?

아니면 해남?

그것도 아니면 광주로 몰려든 이주민의 2세일까?

여자는 힘겹게 상반신을 주저앉히며

나에게 흐물거리고 곧 깨져버릴 것 같은 말을 주얼거린다

알지도 못하는 여자가 알지도 못하는 남자에게

자기 넋을 풀어놓으려 하는 걸까?

흐음,

밤에 유두 없는 젖무덤 하나가 뎅그렁 떠 있는 밤에

페미니스트인 내게

자기도 울지 않고 나도 울지 않는 들녘 바다의 한가운데서

있죠~이~? 그러니까 있잖아요~잇?

하면서

여자가 긴 머릿결을 순두부처럼 매만지며 담배를 달라 한다

풀꽃

여리여리 약한 풀이 꽃을 피웠습니다

그리고 나에게 묻습니다

나처럼 살 수 있느냐고

흔들리며 피고 피어도 흔들릴 수 있느냐고

나는 대답이 없었습니다

나는 대답 대신 풀꽃을 사근히 들여다보고

그의 물음을 가슴에 박아놓았습니다

아마 눈 내리는 어느 겨울날

그 대못을 뺄 수 있으리라

그 대못도 나와 함께 동토에 심길 수 있으리라

그와 같은 자리에 뿌리를 내리고

설한풍에 저미는 백화(白花) 한 송이 피울 수 있으리라

밋밋한 의식에 회초리를 대며

눈길을 멀리 가을 산에 돌렸습니다

시월에 날아든 조그만 원폭

까마득한 진동을 일으킵니다

가을을 사는 법

하늘이 참 희게 푸릅니다
가을빛입니다
무등이 보입니다
그 앞에 작은 봉우리 하나가
그의 전망(조望)을 가로막은 것이
좀 언짢습니다 하지만
이렇게 먼 발치에서
저 산을 볼 수 있다는 것 자체가
행운이 아닌가 싶습니다

가을이 놀러 온 손님처럼 가만가만 뜨락을 거닙니다
마주 앉아 차를 마십니다
형편은 좋은지
요새 무슨 고민을 하고 사는지
건강 상태는 어떤지
미주알고주알
콩꼬투리 까서 콩을 털어내듯
자못 너나들이 얘기를 나눕니다
그리곤 손님이 시간을 보더니 가야 할 데가 있다며 떠납니다
손님이 떠나고 봉투 하나를 발견했습니다
빨간 단풍잎 한 장이 고운 표정으로 인사합니다
응접실 한편에 그걸 붙여놓고
평온한 일상을 다시 시작합니다
자작자작 삶을 끓입니다

가을사람에게

어디에 사느냐구요?
은하철도 999에 삽니다
고인돌길(지석로) 999요
살기가 어떻냐구요?
청동기 시대 고조선의 상징,
거대한 고인돌 속에 침잠해 있는
어느 권세가의 혼과 사는 느낌!
그리고 뭐니 뭐니 해도 신간 편한 것이 제일 아니에요?

오늘,
집 뒤의 논에서 이 평야의 첫 볏가실이 벌어졌습니다
콤바인이 굴렁굴렁 돌아다니고
벤 나락 낱알을 트럭에 쏟아붓고
수확을 다 한 논이 맨들맨들해지고
콤바인이 어딘가로 실려가고
트럭이 우리 집 마당에서 유턴을 해서 정처(定處)로 떠나고
그렇게 세상사 이치처럼 왔으니 가뭇없어지고

가을볕이 뜨겁다가 완연히 따가워졌습니다
따갑게 쏘는 가을볕이 저는 참 좋습니다
차 한잔해야겠습니다
요즘 다선일체라는 말을 실감하고 삽니다
가을을 즐기며 사는 사람은 진실한 사람입니다

정직한 사람입니다
차향과 가을볕을 보냅니다
이 계절이 당신과 함께하길 바랍니다

월광(月光)

광포(狂暴)한 사색이 쓸려간 다음
고요한 리듬의 월광(月光)이 밀려옵니다
세상에 혼자인 것들이 손과 발을 놀려 춤을 춥니다
작은 씨앗들입니다
작은 넋들입니다
땅에 살아서 슬픈 것들의 벗들입니다
추야(秋夜)에 어디로 갈까 망설이는
예쁜 내 연인입니다
긴 갈고리에 여문 들녘을 꿰어
깊디깊은 천공(天空)에 매달아 놓습니다
검은 새떼들이 들녘을 훑고 지나갑니다
어미 잃은 어린 새 바짝 그 뒤를 좇고
아ー
고단한 생명의 하루가 저뭅니다

시월엔

시월엔
밝은 가로등 아래서 희미한 별들을 헤아리며
당신은 내게
또 나는 당신에게
하나의 물음표가 됩니다
저으기 풀어야 할 숙제가 됩니다
그래서 시월은 고통입니다
다가갈수록 멀어지는 무지개입니다
뜨락의 찬 기운이 침을 쏩니다
이제 막
따뜻한 차 한 잔이 화두로 떠올랐습니다
당신과 내가 방에 들어와
찻상을 마주하고 담소를 나눕니다
시간에 구애받지 않습니다
상대의 얘기에 온몸으로 반응하며
웃음을 짓기도 하고
그저 맑은 두 개의 구슬처럼 노닙니다
물음표 두 개가 두 사람을 낚고 있지만
서로가 서로에게 자신을 열어 보이려 합니다
최대한 진실이 요구하는 대로

꽃

마음
마흔아홉 송이를 꺾어
이 밤을 다순 가슴으로 오실
그대 오실
길에 늘어놓겠습니다

교정에 핀 흰 목련을 닮은
그대를 버려야 했던 날의
슬픔과 그대의 울음이 섞인
고뇌의 실타래
사월의 잔인한 물결에
쓸리고, 표류하던

이제
두 눈 부벼가며
등불 삼아 오시라
백 리 길
송이송이 밝혀놓겠습니다

다선일체

발바닥아,
하루 종일 손바닥이 되어
그 무거운 행성을 들고 있느라 얼마나 수고했니?
너를 씻으며 물 보시를 할 수 있는 기회를 준
너에게 얼마나 고마운지 모른단다

부자들이 다 그렇기야 하겠냐만
웬만한 부자들은 모르지
가난뱅이들이 명예와 존경과 감탄을
부자들이 준 부보다 더 많이 준다는 것을

왕은 제가 잘나서 왕이 된 줄 알지만
백성 없는 왕이 어디서 왕 노릇하겠어?

낮에,
읍에 있는 이용대체육관에 갔어
오늘이 화순군민의 날이래
우리 어머니 요양보호사가 오라더군
음식을 싸준다고
체육관 안쪽을 들여다보고 있는데
일흔 안팎의 양복을 입은 중늙은이가
내 꼬락서니를 보더니 '뭐 해' 하더군
날마다 윗사람에게 치여 사니

나 같은 인간에게 화풀이를 하나?
하기야 양복 정장에 수위면 그것도 권세라면 권세지
잠시 뒤,
요양보호사가 박스에 음식을 담아 오더라구
감사의 말을 남긴 채 부리나케 집에 돌아왔지

어머니와 저녁밥을 먹고
응접실에서 차를 마시노라니
다선일체라,
한 모금의 무심이 목구멍을 때앗때앗 무지르더라구

햇빛 밝은 속에서

햇빛 밝은 속에서
눈을 감으면
가을이 가득 차오릅니다
노랗고 빨간 단풍이 서로 얽히고설킵니다

나도 당신의 눈 속에 들어가
가을이 되고 싶습니다
나를 당신의 생의 갈피로 삼을
노랗고 빨간 단풍이 되고 싶습니다

……

꿈누리
그 속에서 잠을 깨면
어머니는 어쩐지 가까운
어느 혹성에 온 듯합니다

소소(蕭蕭)한 가을바람이 불고
목욕 봉사 차량이 때를 불리고
때를 밀고 수건이 몸을 닦고
고맙습니다 아이고 요로케 잘 밀어주셔서요
어머니한테는 이 가을이 자신의 가을인가 봅니다

영식이 아재

숟갈을 뜨는 둥 마는 둥
그가 나갔다
새벽이슬을 맞고 도착한 곳은
저수지
어제저녁에 놓아둔 새우 통발을 건져 올렸다
에-참
피래미 세 마리와 새우 몇 마리
이놈의 새비는 다 어디로 간겨
작것이네
새벽이
웃옷을 벗고
아랫도리까지 벗을 무렵
그는 해우초를 태우며 뭉그리고 앉았던 자리를 떴다
아침 햇빛이 산들을 선명하게 드러냈다
저수지를 돌아 나오는 그의 옷에
아직 새벽이 촉촉하게 묻어있었다
다 큰 자식들이 근심이고
두 내외 밥벌이가 걱정이고
징벌방에 갇힌 신세다 싶으니
한숨이 자꾸 채근질을 했다
농부로 살아온 세월에 그을린 서까래처럼 검어진 얼굴을
쓰윽 위아래로 훑었다

오늘이 장날이제
마누라 옷 한 벌 사줄까
얼큰한 홍어탕 한 그릇은 어떻고
집에 들어서자
마누라가 닭장에서 막 낳은 달걀을 꺼내오고 있었다
바람은 불지 않았다

관세음보살

남녘의 들은 시방 누렇게 익었습니다
거긴 어떤지요?

바람이 물고 온
가을에
삐까하게 치장한 차들이 거침없이 달립니다
해변가까지 가는 차는 아마 없을 겁니다
해변가의 낭만은 이제 끝났으니까요

아마 다음 주쯤이면
볏가실을 할 걸로 보입니다
엊그제 내린 비가 아직 논바닥을 적시고 있어서요

하늘을 봅니다
푸른 빛이 떨어져 내립니다
당신과 내게 쏟아지던 그때의 빛도 이렇게 가볍고 환했죠?

당신의 곁에
늘 당신에게 향한
내가 있다는 걸 잊지 말기 바랍니다
그럼,
안녕히

계산원

팔찌를 했다
손가락엔 매니큐어
제복 왼쪽 가슴 이름표
계산하는 손이 바쁘다
계산이 나오고
포인트
현금 영수증
물어보고
대답하고

계산원은 남자였다

관세음보살 2

어떻게 지내는지요?
감 작황은 좋은가요?
버릇처럼 내게 물어오던 안부를 내가 묻고 있네요
가을 사람이 되어
가을볕에 검게 그을리지 않았나 모르겠어요
나는 어머니랑 이사를 왔어요
부족한 것은 없습니다
남는 것도 없습니다
낮은 환하고
밤은 캄캄합니다
이만하면 우리가 사랑해야 할 이유가 충분하지 않을까요?

나는 내 속에서 다시 태어나고
당신은 당신 안에서 다시 태어납니다
매일 말이죠
그렇게 태어나 나와 당신은 무언가를 만들어 냅니다
당신과 나의 노동이 피곤해지면
나른한 핏줄이 음식을 요구합니다
당신은 자비를 먹고
나는 생활을 먹습니다

가을입니다
잃어버리고

잊혀졌던 것들이
고양잇과 동물의 날카로운 송곳니같이 날카롭게 물어뜯습니다
선정(禪定)으로의 귀향
그것이 언제나 가능할까요?

미안하지만
홍시 몇 알만 보내주세요
당신의 가슴마냥 예쁜 것들로

까치

까치가
전깃줄에 앉아
눈부신 아침을 쫀다
몇 개의 햇살을 물고 떠난다

까치가 떠난 자리
떨림,
까치 한 마리의
맑은 가을 세상!

고립

당신과 나는
영원히 이별의 고립입니다

한 장의 잎새
제 몸과 다시 만날 수 없는 고립입니다

자동차 바퀴가 굴러가면
밟은 자리와 마주칠 수 없는 고립입니다

고립 속에서 고립이 자라나고
고립을 피하기 위해서도 고립해야 합니다

얼굴에 핀 고립
그건 세월이 피워낸 섭리의 고립입니다

가을비

가을비를 걸어요
우산과 함께 걸어요
눈으로 걸어요
잠깐만에 들판을 다 걸어요
자동차가 걸어요, 빗속을
쾌속으로 걸어요
어른봉에 구름이 걸어요
애기봉까지 둥둥 느릿느릿 걸어요
가을비가 걸어요
제 마음 닿는 데까지
우산도 없이
하염없이, 하염없이 걸어요

잎 지면

잎 지면
가을도 기울어

돌고 돌아
서낭당 지나쳐

돼지고기
한 근 손에 쥐고

마음이라야
담뿍 걸음에 취하여

남근이네 들러볼까
보성이를 만나볼까

조각달은 따라오다
지쳐
토악질을 하는데

집이다,
싸리울 호롱불 흔들리는 소리

너냐
저요
시어미 마누라
그림자 소리

논길을 걸으면

논길을 걸으면
벼가 다 익었습니다
논에서 일하는 이들도 익고
그들도 벨 때가 되었구요
매년 무엇 때문인지 몰라도
이맘때쯤이면 모든 것이 익고
익어서 고개를 숙입니다
높은 하늘을 바라며 커도
결국 종착역은 낮은 땅입니다
시간을 많이 잡수신 노인들은
푹 끓인 동태의 눈깔처럼 눈이 멀겋습니다
살아있음이란 곧 사라진다는 것이겠지요?
지금은 가을입니다
가을이 익어서, 단풍이 되고, 낙엽으로 떨어지고,
눈 내리는 겨울이 올 겁니다
계절의 그믐이 올 겁니다
모든 것이 다 외롭고, 외로운 자리에 화톳불이 켜지고
우주의 입이 쉼 없이 노래를 하겠지요
그리하면,
나도 내 짐을 부려놓고
그 넓은 가슴에서 편히 쉬도록 하겠습니다

울음도 가벼워라

울음도 가벼워라
새여,
아침을 푸르게 몰고온
하늘 들머리에서 날아온
새여,
가을엔
가을을 물고
갈숲에서 헤적이는
새여,
남방(南方)의 꿈
미어지게
온몸을 털어
자지러지는
새여,

사랑은 가고

갔네
사랑은 가고
단풍은 가로에 붉어지고
두 눈에 네 얼굴이 맺히네

이렛달 밤하늘에 서려
밤기운 시린데
바람이나 불어오나, 가나

도로에 서성이는 미처 지워지지 못한 빛이여,
마당에 엎드린 채
눕지 못하는 차에
흰 자국을 내지 마라

들판 곳곳
사랑이 목을 울고
갔네
앞산
뒷산
머리 푼 억새조차 데리고
너는 갔네

당신과 나의 숲

당신의 숲은

숨어있는 당신의 숲은

내 청정도량입니다

그 숲을 나는

매일 쓸고 닦고 싶습니다

예자(禮自) 시간에

당신의 숲에서

당신의 시작과 끝인

그 숲에서

보리(菩提)를 얻고 싶습니다

가을의 한기가 느껴지는 밤

나 역시 당신의

숲이 되고 싶습니다

말 못 하고

말할 수 없는

흰 숲

당신이 어루고 빚는

맑고 향내 나는 숲이 되고 싶습니다

거저 드리는 보시의 공덕이 되고 싶습니다

9월의 마지막 날

조각달
달밤에 벼를 베나

자동차가 지나가면
앞 유리를 찌르고
자꾸만 허름한 내 뼈를 파고들고

놓아라,
욕망의 굿거리
먼 청춘의 매서운 징 소리

왜 나를 애태우시나
어머니,
말씀이라야 무서운
9월 마지막 날에

가을은 그냥 가을이어서

입에 댓잎을 문 여인이 안 왔드냐?
그렇다면 섬섬옥수에 은장도를,
시퍼런 은장도를 든 여인이 안 왔드냐?
그 여인은 무엇을 지키기 위해 그것들이 필요했을까?
준희는 궁금했다
버스 형님이 아침에
앞산과 누렇게 익어 벨 때가 다 된 들판을 보며
저기가 다 내 정원이고 그 정원에 산이 있고
곡식이 익어간다 생각하세요, 했지
가을볕은 익다 못해 뭉그러져 가는데
웃통을 벗어 제낀 준희는
차를 마셨다 물을 들이키다 해우초를 피우다
무슨 넋 귀신이 들었는지 이리 갔다 저리 갔다
몸을 그냥 두지 않았다
전화가 온다, 칠렐레팔렐레
070********
하루에 한두 번씩 안부 전화
빨간 버튼을 눌러 잘 있다고 회신
집 모퉁이를 돌아 전봇대에 오줌을 누며
잘 커라
미신처럼 나를 믿을 때
자꾸 아집의 망상으로 빠지면 뭔가가 잘못되지

응, 까탁까탁, 불빛도 그렇게…

이놈의 라이터가 수명을 다했군

순간

자동차 하나가 섰다

입에 댓잎을 문 여인이 자동차의 문을 열고

피우던 담배를 도로에 던지고

은장도로 사과를 깎으며 조수석에서 헤- 웃음을 피웠다

이게 뭐지?

설핏,

햇빛이 하얗게 차체를 쳤다

지유명차 서명주 선생님께

당신은 깊은 사람입니다
눈매가 그렇게 깊을 수가 없습니다
목소리 청이 청아한 듯 똑 부러지고
말씀의 전개가 주관이 바로 객관이 됩니다
한국어의 힘을 아주 맛있게 보여주시는데요
어렸을 때 봤던 무협지 고수들의 내공을 가지고 계십니다
절제와
여백의 미덕을 갖추시고
인정을 내면의 바닥에 까신 분입니다, 당신은
당신은 매우 깊은 사람입니다
나는 당신이 걸어온 길보다
당신이 앞으로 걸어갈 길을 응원하겠습니다
고운 연꽃 송이 드립니다
늘 건강하세요

바닥

나보다 훨씬 밑이 바닥인데
사람들은 나를 바닥이라고 보네
바닥은 자유인데
난 아직 자유롭지 못해
아파도
쓰려도
넘어져도
절단 난 희망에도
살아야 하는 거야
작은 자유를 얻을 수 있다면
시새움 없이
비교함 없이
내 복 네가 받았겠거니 하면서
방랑하는 거야
느린 행복을 퍼줄 수 있다면
바닥이 아니어도 바닥으로 보이는 내가
감사와 따스함을 건네는 거야
자유함은 타인의 고독의 손을 잡아주는 거니까
바닥으로 가는 열차가
하루에도 몇백 번씩 나의 플랫폼으로 들어와
그 열차를 타고 아무도 보지 않는 허공에
한 아름의 손짓을 하며
나는 떠나지
바닥이 아니어서 바닥으로 가려는 내가

졸음

나락 빌 때가 다 되었네?
잠이 폴폴 와
자동차의 소음인지 무엇인지
까달까달 요양보호사도 조네?
고개가 떨어지면 추어올리고
추어올린 고개가 다시 미끄러지고
이놈의 파리들은 신이 나서 달려들고
쫓으면 기회다 싶을 때 다시 엉기고
잠이 반쯤 씻겨나가고
어른봉과 애기봉을 쳐다봐
멍… 멍… 멍…
멍한 눈으로 올려다보니
9월 하순의 하늘이 꼬들꼬들 말라 있네?
만지면 한없이 기분이 좋아질 것 같애
으~응
어디서 꽃냄샌지 똥냄샌지 사락 코끝을 자극하고
앗따,
이놈의 포리
안 되것다 포리채 들고 와야지
, 파닥
잠을 깬다

하나이면서 둘인

내가 '나'이면서 '당신'일 수 없나요?
도로에 관목 가로수
차가 지나가면 흔들립니다, 흔들려 줍니다
나는 저 나무에게서 배웁니다
그래서 저 나무를 애정합니다
가을은 오고
겨울이 뒤따르고 있습니다
오늘 아침은 안개로 사물이 선명치 않습니다
선명치 않은 것에 박쥐라는 꼬리표를 대뜸 붙이는 것은
아주 위험한 일이라고 생각합니다
하나의 나무에서
하나의 풀꽃에서
하나이면서 둘인 세계를 봅니다
선명치 않으면서 선명하게 사물을 드리워 내는 안개비에
내가 '나'이면서 '당신'인 세계를 그려봅니다

말

말이 생명이 되는 순간이 있지
손익의 분별이 서는 순간

말이 명령이 되는 순간이 있지
위비위(危非危)의 분별이 서는 순간

말이 마이동풍이 되는 순간이 있지
분별없는 분별이 서는 순간

말이 대화가 되는 순간이 있지
식탁 위의 분별없는 서열이 서는 순간

말이 불필요하게 되는 순간이 있지
진위의 분별이 서는 순간

아,
말이 떨게 되는 순간이 있었지
교정의 봄날
흰 너의 눈물에
희게 가물거리는
흰 목련이
와삭,
무너지던 흰 순간

밤길

밤길을 도와 집으로 온다
오래된 어린애처럼 생은 오르락내리락
지독한 열탕에서 빠져나오자
곧바로 등골을 얼리는 냉탕
나에겐 휴식이 없다
지구 행성의 어느 곳에서나
부조리의 파편을 갉아 먹는 쥐새끼들
넘쳐나고 판을 쓸고 새끼를 친다
등을 척진 동전 속에서
총소리가 들리고
폭탄이 터지고
파이팅과
전승가가 울려 퍼진다
눈물과
한숨과
파괴당한 인민의 머리가 효수된다
밤은
누구에게도 들키지 않고
써 내려간 나의 벽서
물을 건너고
산을 넘고
고원에 이르러 드러나는 나의 고백

애니미즘과

토테미즘과

페미니즘과

미이라와

마야의 고혼과

앙코르와트 사원에 새기는 나의 비명

낮이 짧다

돌아오는 내내 갈은 낫으로

무위(無爲)의 위(爲)의 문을 박살 낸다

앙큼한 쥐새끼 내 뒤통수를 문다

가을이 있네

산이 있네
가을이 있네
사람의 마을마다 사람 있어
가을이 있네
여름 내내 여름으로 일하다
이제 가을이 있네
단풍 웃음에
맑은 하늘이 기뻐하고
선한 화촉을 긋는 밤
가을이 있네
그 가을이 있네

누군가의 시집(詩集)

자기야,
그곳에 꽃 따러 갈까
개천이 흐르고
조그만 마을에 서낭목이 있지
여러 그루 나무에 둘러싸여
솟대가 통째로 하늘을 날으고
산이 사방 사유를 틀어막아
군내 버스 들어오면
한가득 짐을 부리고, 떠나고
그믐에 스러지던 가슴에
고든고든 빛들이 맑게 밝혀
오늘이나 내일이나 신령의 숲, 그곳에
날짐승
길짐승
떠나지 않은 노인들도
눈 감으며 시집(詩集)에 살지
자기야,
그곳에 뽕 따러 갈까

가을엔 모든 것을 버리고

사랑하는 이여,
가을입니다
내가
작년에도 버리고
그작년에도 버렸던 가을입니다
또 올해도 버려야 할 가을이구요
가을은 가벼워야 할 것이기에
그대의 호주머니에서
가을을 버리십시오
떨구어진 낙엽을 줍지 마세요
그대의 마음가에 출렁이는 노을이 아름답습니다
어릴 적 아이들의 시끌벅적하던 놀이에
붉근 가을이 내려앉아 함께 놀 즈음
밥 먹어라, 누구야 밥 먹어라!
모든 사물의 어린 친구들이 다 떠나면
홀로 놀이를 하다 저를 지워버리던 가을
가을엔 연가를 버리십시오
가을엔 연인들이 서로, 서로를 버리니까요
지나다니는 자동차들이 버리고 간 소음이
마당에 즐비합니다
가을엔 가을을 쓰는 법이 아닙니다
돌아오는 겨울, 흰 눈의 이불로 써야 하니까요

이유 없는 눈물 하나
하늘에 매달려 있다 툭 떨어집니다
지금은 모든 것을 버려야 할 가을이니까요
가을엔
항상 가을엔!

늙은 아이

나는 이제 그곳에 살지 않는다
죄 없는 사람들이 생산한 쌀을 먹으며
천기와 지기가 화통(和通)한 시공을 살다
어둑한 도시에 찌그러진 양푼처럼 버려지고
버려졌으므로 버려졌다는 것조차 모른 채

일월(日月)이 만개한 곳, 으, 로, 나는 간다
별을 빨고 부드러운 바람의 살갗을 만지며
푸른 언덕에서 깊은 바다로 씻겨나가
춤추는 파랑의 노래에 귀를 열고
생의 마디마다 얽은 곰보 자국 흔적을 보는

아,
어리숙한 늙은 아이 하나!

학수고대

내가 외롭다는 것은

나의 열망이 아직 식지 않았다는 것이다

대지에 내 외로움을 옮겨 심고

허공에 그 외로움을 뿌리고

바라는 것이 있기에

얻을 것이 있기에

나는 외롭다, 흰빛을 솟구쳐 오르고

니는 외롭다, 대양의 푸른 수면을 힘차게 밀어내고

어느 객신(客神)이 내게 너의 외로움을 맡기지 않겠느냐, 노!

어느 천지신명이 내게 너의 외로움을 의탁하지 않겠느냐, 아니!

나 혼자여서 외롭다면

상기(上氣)와 하기(下氣)를 번갈아 가며

술 한 잔에 차 한 잔

그러므로

내가 외롭다는 것은

나의 광활한 욕(欲)이 우주에,

우주 너머 뛰달리고 있다는 것이다

살풀이

몸살(煞)을 앓으니
예전의 원진살(煞)이 생각나
역마살(煞)에 몸을 실으려도
급살(煞) 맞을 일 염려되고
생송생송 도화살(煞)만 마음을 건드려요
에헤라,
살(煞)풀이 한 바탕에
신명 나는 세상 다가와요
밝은 빛, 끌어와요
춤추는 팔자여, 운명이여,
마당 한 자 깊이
가을이 누워요
햇볕이 몇 가마나 쌓여요

가을 하루

삶은 근사치입니다
그래서 흐릿한 것
그것이 인생입니다
무한한 것에 유한한 것이 없다면
생명에 생명의 절(絶)이 없다면
그것이 어찌 우주의 질서겠습니까?
가을입니다
내 인생의 가을이기도 합니다
가을에 지난 여름도 있고
다가올 겨울도 있습니다

바람이 붑니다
당신이 오고 떠나고

어른봉과 애기봉이 서로
멀어졌다 가까워졌다 합니다

무능력자의 하루
빛 속에 까만 눈물이 시계처럼 뚜걱거립니다

전화하세요

내가 고독으로 뭉개질 때
전화하세요
살며시 내 전화기 속으로 들어오세요
귀를 간질이고
마음을 뜨개질해 주세요
어느 밤,
흐릿한 달밤
숨소리를 들려주세요
갈밭의 물결
맴돌다
한 곳을 흐르는
상아의 유혹으로 다가오세요

느티나무 그늘 아래

작은 잎

수없이

그늘 아래

그대가 서 있습니다

그대 아닌 사람들은

돌아서 가버리고

서늘한 그림자

그대만이 남아

내게 무언가 속삭입니다

우리가 약속했던가요?

그대 젊음이 지면 함께 지자구요

함께 져서 그대의 뿌리로 가자구요

알 수 없는 바람이 그대를 흔듭니다

그대는 자꾸 흔들립니다

그대가 서 있는 그 자리도 흔들립니다

잎 단풍 지고

떨어질 자리

푸릇 술렁이는

가을

모텔 통창을 가을이 때립니다
주차장에 떨어져 쌓입니다
빛이 환하게 덮습니다
꼬독꼬독 빛을 달고 가을이 섭니다
설렁설렁 기울 듯 걸어갑니다
내 손을 달라고 합니다
함께 차를 타고 달립니다
차창을 열고 제 몸을 뿌립니다
바람을 타고 이리저리 흩어집니다
사람들이 가을을 잡습니다
가을은
더 넓게 눈부심을 날립니다
푸른 하늘 구름 높이 흘려보냅니다
머나먼 곳,
당신의 삶이 지쳐 있는 데까지

노을 3

새털구름은 노을에 젖어들어
산머리마다 앙증맞은 엉덩이를 내린다
숲은 싱싱한 어류의 눈동자처럼 검게
사물들의 빛을 빨아들이고 있다

오, 시인이여
벌하라
벌거벗은 자들의 횡령에 대해서
하나하나 쌓아가는 절도를
썩어가는 자유와 무슨 이유인지 모르는 전쟁에
필(筆)의 폭격을 가하라

그리고
경외하라
바람이 인연을 뿌리는 마음 밭과
둥근 달이 쏟는 바다의 윤슬을
강인한 필로 떠받들라

숲으로 오세요

숲으로 오세요
아무도 오지 않은 처녀지
제 숲으로 오세요
그리고
아무 말 마세요
하나, 둘, 셋…
별을 세세요
눈을 끔벅끔벅거리면서
둥근 달도 만지면 좋겠어요
아무라도 좋겠어요
누구라도 좋겠어요
하나라도 좋고
둘 이상이라도 좋겠어요
돌돌
빛들이 감아 도는
바람이 부드러운 물결을 일으키는
제 숲으로 오세요

절박함이 인간을 인간으로 만든다

절박함이 인간을 인간으로 만든다
모종의 모의를 하는 군사들 사이에 절박함이 만연하다
'나는 살아야 한다'

어젯밤 지휘부 회의,
그들도 절박하다
삶을 도모할 필요가 없는 그들은
'적장의 수급을 어떻게 획득하느냐' 그것이 문제다

사느냐 죽느냐와
패장이 되느냐와 승장이 되느냐

전투가 벌어졌다
죽은 군사들은 열 미만
죽은 장교와 장수들은 수백

여인들이 곡(哭)을 퍼 올리고
아이들이 떼꾼하게 눈을 굴리고
늙은이들이 휘청 휘는 달밤에 서 있다

눈물을 숨어서 우는 여인도
애써 품위로 슬퍼해야 하는 가문도 있다

기어이 그렇게

휴-
민속정 파란 눈의 흰 새끼 고양이가 보고 싶다

쓸쓸함은 씁쓸함

여러 가지 생각들로 머리엔 빈 공간이 없다
뭐지? 이게 뭘까?
답답함은 없는데 이 허전함은?
누런 이빨을 드러내고 컹 낙조를 물어뜯는 들개들은 어디서 왔나?
이곳 아니면 저곳에서 사타구니의 액체를 바르고
어차피 타인의 수혈로 살아가야 하는
센치한 치부를 드러낸, 역겨운, 고립의, 병자

죽자!
거미줄로 미친 듯 달려가도
포식이닷 오르르 몰려와도
헹, 너만은 못 먹겠다 우린 신선한 피를 원해
수혈한 피는 더러워서 못 먹겠다
근데 왜 너네는 풀벌레는 안 잡아먹니?
그들은 오늘 할 일을 잘하기 때문이야

무성한 소문은 한때일 뿐

마음은 항상 양성자(兩性者)

정신병동에 밤은 없었지
환자들을 일찍 재우는 약을 먹였으니까
간호사는 미주알이 계속 빠지는 환자를 돌보지 않았어
의사는 짐짓 명령을 했지

잘 돌보세요
그럼요, 아무렴요

편도 2차로
왕복 4차로
자식 같은 기사(技士)가 툭툭 짧은 말을 던졌어
터널에 땀이 떨어져 지구의 무게가 흠씬 무거워졌더만
타인의 나라에서 저네보다 낮은 계급을 만났다고
좋아하던 시커멓게 탄 한 무리
그러니까 터널에 저들의 땀도 떨어져
지구의 몸무게가 얼마나 더 늘어났겠어

선풍기가 돈다

태풍은 가고
인적이,
함몰한 구덩이에 빠진다

한밤에 우짖는 새는 개마고원의 나뭇가지에 앉다

날아라
새여!
거기로
거기에 이르기까지
너의 날개는 튼튼한가
고통으로 찢어져도
세월의 반대로
철조망을 넘어
억센 빛을
발톱으로
꽉 붙들어 잡고
이국이 배설한 어둠의 한 곳
개마고원에
폭탄처럼
쏟아부어라
새여!

안개

안개는 걷히지 않았다
무엇인가가 안개를 무겁게 누르고 있었다
안개등이 차로에서 제 존재를 알려도
누구 하나 안개등의 통제를 따르려 하지 않았다
다만 어린이 보호구역의 30킬로미터 속도 제한만이
안개에 취한 운전자들의 계율이 될 뿐이었다

산이 보이지 않았고
숲이 보이지 않았고
흔한 까치, 고양이, 개도
보이지 않았고
고집 센 자들은
자꾸만 안개 속으로 더 깊이 숨어들었다

재를 넘자
차꼬 풀린 햇살이 득달같이 쳐들어왔다
정신병원의 환자처럼
안개는 허겁지겁
빛의 속도로 빨려 들어갔다
제 운명의 항성으로
제 운명대로

하늘이 흐려

하늘이 흐려
비가 오려나 봐
바람이 서서히 일어서고
풀벌레 소리가 그쳤어
네 마음 흐르는 강가에서
물고기가 통통 뛰어올라
언제였을까
너와같이 맑은 눈을 가진 아이들이
떼로 몰려와 떨어진 가을을 줍는 걸 본 것이
네가 사과처럼 붉은 입김을 내 귀에 불어넣던 것이
그러고 보니
나에겐
세월이 가고
저녁노을에 너의 허튼 약속이 지고
사라지는 모든 것들을 울어주는
슬픔만 남아
소주에 잠겨버렸어
한 잔
한 잔
외로움을 지고
세상의 바닥이 되어버렸어
마치 물구나무선 나무가 되어버렸어, 난

새끼 고양이

하얀 것이 꾸꾸 기어다니네?
앞접시에 온몸을 집어넣고
계란찜 국물을 할짝 빨아 마시고
건더기를 쫌쫌 깨물어 먹네?
폴폴 몸을 털고
방석 위에 엎드려 곤한 잠을 자네?

주변에 넘치는 생기!

파란 하늘엔 고양이 구름이
살금살금 기어가네

기차가 떠난다

기차가 떠난다
광주에서 김제로
차창에 기대자 검은 세월이 흘러가고
잊어버린 여자가 옷을 벗는다
비가 몸을 때릴 듯 덤벼
전봇대처럼 뻣뻣이 선다
시커먼 과자를 입에 문
어린아이를 데리고 잠든 애 엄마
곤한 하루를 살고
무엇인가 꿈을 꾸겠지
기적 없는 정거장엔 우산만이 오르고
자꾸 달라붙는 먹먹함에
연인의 눈동자가 헤어지고
기차가 달린다
마음에 추억이 젖어드는
한밤에
뽀얀 역사(驛舍)의 불빛을 태우고
광주와 김제의 가을 속으로

네 말의 긴 여운

네 말,
'난 당신 없이도 잘살 수 있어'
손톱에 낀 때를 보다가
그렇게 가슴을 후벼 파는 소리를 들었지
행여 '무엇이' '어떻다'는 말을 잘못 들었나
새삼 네 얼굴을 쳐다보곤
아— 잘못 들은 게 아니로군 했지
네가 피난민처럼 서둘러 떠난 다음
난 손톱에 박힌 때를 다른 손톱으로 긁어냈어
긁어내서 꾹꾹 탁자 위에 눌렀지
껍같이 물렁거려 회빛이 까만색이 될 때까지
그걸 계속했지
다시,
네가 탁자 위에서 춤을 추고 노래하고
나를 만나서 반가워하리라는 공상을 하면서
나는 아주 오래 찻집에 머물러 있었어
하나가 가고
둘이 가고
또 여럿이 가고
그 후로 영업시간이 끝날 때쯤
나는 일어선 거야
그리곤 돈을 지불하고
밖으로 나섰지

네가 바람이 되어

네가 바람이 되어

내 허리를 감아 돌고

치솟아 구름 낙수로 떨어져 내려

흥건한 웅덩이에 몸을 풀면

떠도는 들개는 무리 지어

너를 마시며 젖은 울음을 울겠지

그 울음은 다시 당산나무 우듬지에 기어올라

각색 푸르름으로 이슬같이 반짝일 테고

일순, 맑은 기운으로 뻗쳐

순정한 비나리 처녀의 젖가슴에 가 닿겠지

그렇게 팔월이 가고

구월이 자신의 정처를 찾을 때

산은 가라앉고

들은 떠올라

지평선 아물 보이고

상처마다 상처의 레테르가 붙겠지

그리곤 피가 멈추고

딱지가 생기고

그러겠지?

고향

아득하여라

고향 아니어도 고향인 곳
빛 아니어도 빛인 곳

청춘의 방랑으로
흘러서
어느 먼 데
기울어진 지구 축처럼
기우뚱한 삶이
못 견디게 아파

거기,
이제
마음에 젖어드는
황혼에
고향 두 자 새기면
볼 빨간
여름이 밀려나고
가을이 온다

숲정이 마을
깊은 곳에
도돌이표 찍힌다

사랑도 이별도 날아오르는 거야

아쉬워서
아쉬워서 네 손을 놓지 못하고
미적이며 떠나야 했지
하얀 눈이 푸슬푸슬 내려
네 눈물도 네 약속도 흐물거렸지
이별은 아팠지만
사랑할 때도 아팠지
세상의 모든 것이
헤어지고 있었지
슬픔이 한 자나 쌓인 밤에
바람이 쓸고 가는 골목길에서
네가 흔들리고
내가 흔들리고
마침내
솟대에 앉은 오리
흔들렸지
오래도록 잊히지 않을 그 겨울을 물고서

열사의 나라

여기 왔구나
내가
열사의 나라에
도마뱀과 독사들이 우글대는 여기에
내 할 일은
저 이글거리는 태양의 발광처럼
세인의 눈을 밝게 만드는 것
어쩌면 이것이 내 운명이요,
사명인지도 몰라
그리고
숨소리마저 뜨거운 낮
낙타를 타고
오아시스에 닿아
낙타를 먹이고
내가 먹고
온몸이 청량수로 가득 찰 때
빙하로 덮인 극점으로 떠나야지
새 생명 하나 남기고
열사의 모래 툭툭 털고서

만나지 말아야지

만나지 말아야지
강물을 붉게 물들이는 노을 외에는
그래야지

내 상처를 푸르게 치유하는 산 외에는
만나지 말아야지
그래야지

새벽 어스름에 고개 숙이고
자신의 속살을 들여다보는 나무 외에는
만나지 말아야지
정말 그래야지

한 번이라도 자신 외에 다른 이를
뜨겁게 위로해 보지 않은 사람은
만나지 말아야지
눈물도 흘려주지 말아야지
그래야지

그렇게 살다가
내가 싫어질 때까지
꼭 그래야지

아무것도 욕심낼 것 없는 날에

보시 중에는 인(仁)보시가 최고여
다음이 혜(慧)보시요,
그다음이 물(物)보시지
가끔 죽을 만큼 고통스러울 땐 육(肉)보시가 명약이고

......

기다란 장대 위에 제우스의 전령사
헤르메스가 위태하게 앉아 있다

장자는 아직도 호접몽을 꾸고 있나
최치원은 어떤 반란의 수괴를 잡을 글을 짓고 있나

얼킨 실타래를 뭉텅 잘라버린 젊은 황제도
나를 감동시키기엔 부족해

......

날마다
정안수 장독에 올려놓고
치성드리던 외할머니
바람이 그쪽에서 분다

사람은 사람에게만 인사한다
모모야!

고인을 따라
모텔 앞산을 이름 짓고
캔맥주를 마신다

아무것도 욕심낼 것 없는 날에

꿈

작은 공간에 탁자 하나
의자 셋 놓고
술은 소주만
안주는 김치찌개와 달걀말이
영업시간은 제한 없고
(단, 예약제)
계산은 손님 사정대로

시를 찬미하고
예술을 끄덕이고
철학을 논하고
역사를 찰(察)하고
돌아가는 경제 형편과
사회 현실을 궁구하고
인생과
가난과
흔들리는 존재와
아픈 생명을 위하여
푸른 생기를!

가게 간판은
'하나 아니면 둘만 오세요'
생활의 덕을 키우고

삶의 키를 늘리고
요산을 하여
인애의 품을 넓힐 사람
오시옵사

젊을 때 사람 잘 만나라

니(尼)에게 물었다
그대의 노선은 무엇이오?

젊은 니는 고른 이를 드러내며
'나'예요

예쁜 아미를 살짝 웅크리자
그는
'그대'요

그러자
보시가 이루어졌대나 뭐래나

버리면 내게 채워질 것은?

버렸습니다
당신을 버렸습니다
그래서 다른 이를 만나겠다는 거냐구요?
아닙니다
당신을 버린 나는
나마저 버렸습니다

저기,
허공에
당신을 버리고
나를 버리고
당신의 이름과
내 이름을
버리고
살뜰히 기억의 서랍을 열어
남은 찌꺼기까지 버렸습니다

하,
하마
당신은 이미 그리하셨습니까?

Always beside you

'늘 네 곁에'

흑산도에서 목포로
목포에서 강진으로
강진에서 남원으로
남원에서 전주로

고등학생들로 뵈는 아이들이
시끌시끌
어머니는 차에 계시라 하고
들어온 커피숍
한쪽 벽면 가득

'always beside you'

연등

어느 날엔가 오시리라
등 밝히고 오시리라
오시면
나 또한 작은 등 하나 밝히리라
산도
들도
강도
그때에는
노래하고, 춤을 추리라
가슴들은
천상의 시집을 읽고
생명의 말을 하며
그들의 삶을 맑게 드러내리라
어둠의 혼음이 끊기고
빛의 빛이 억겁의 참음을 깨고
온전한 승리와 기쁨으로
제 자태를 뽐내리라
그리고,
해탈의 뒷간의
고뇌의 반라가 바짝 움츠리고
흔들리지 않으리라는 것
그것
모두 흔들리리라

취선당

유월 하루,
햇볕은 덥고
사유는 힘들다

유배 생활 26년째
몸은 병들고
고독은 심하니
벼랑에서 시간은 돌고

차 한 잔
해우초 한 대

취선당에서
나, 취선당
홀로
흔들리고 있다네

강치명

그는
포레스트 검프
보라색 고무신 신고
때론 장흥까지
때론 광주까지
걷는다

한
없
이
걷
는
다

그러나
추종자는 없다

죽음에 대한 일고찰

죽으라

감나무 잎에 죽고
바람에 죽고
여름에 죽고
동터오는 새벽에 죽고
어머니에 죽고
별에 죽고
시에 죽고
사랑에 죽고
노래에 죽고
생명에 죽고
미지(未知)에 죽고
오월에 죽고
가슴에 죽고

마침내
너,
에,
죽어라

해우초(解憂草) 연기에 사랑을 실어

네가 가고 없어
나는 어떡해?

새는 바람과 함께 떠나고
개구리 그악하게 울어
희미한 능선엔 33천이 박혀있네

어데쯤인가
빛,
빛은 어디에 있는 걸까

내가 가버린 걸로 하자
네가 홀로 남아있는 걸로 하자
네 마음에 내가 남고
내 마음에 네가 지워진 걸로 하자

훗, 풋내음
너와 나
아무도 유월이 아니다

사람꽃

네가 내 곁에 있을 때
나는 너를 보지 못했다

네가 내 곁에 없는 지금
나는 너를 본다

빗방울에 찍히는
은빛 바람을 탄 금송이꽃
파닥이는 실루엣

네가 내 옆에 있을 때
나는 너를 보지 못했다

내가, 진실로
네가 사람꽃이라는 걸 알지 못했다

사실과 진실

진실하라!
때론 사실엔 위배되더라도
마음자리의 순수를 위배하지 마라
사실의 진위보다
마음자리의 순수의 유무를 더욱 두려워해야 하기 때문이다

비가 오지 않는데
아야, 밖에 비 많이 온다
비가 오지 않는 걸 알면서도
나는 자식 걱정하는 어머니 마음자리의 청정함을 알기에
그래요, 비가 온갑소이 어디 못 가겠네 한다

사실과 진실의 충돌,
사실에는 인간의 냄새가 덜 난다
그러나 진실에는
인간의 사랑과 성찰과 실천이 극한되어 있어
인간의 냄새가 훨씬 짙게 풍겨난다

그러므로
나여,
생이 다할 때까지
진실하라!
진실하라!

임도 보고 뽕도 따고

새벽,
맑은 새소리에
밀도 깊은 밤이 물러난다
밤새 번민하던 것들이
캄캄한 내면을 걷어낸다
하루,
또 그들의 길을 걷기 위해
툭툭 엉덩이를 털며 일어난다
그래, 가는 것이다
잡지 마라
해우수 서너 잔에 취한 듯
나도 간다
그래, 가는 것이다
막지 마라
어디 청춘이 따로 있는 것이냐
길을 걸으면 청춘이다
산모롱이에서 꺾어 돌아가는 길
다시 방랑이 시작되는 길
눈물이 웃고 기쁨이 우는 길
자, 가자
고무신 켤레 신고 떠나자
거기서 임도 보고 뽕도 따자

여자

아침이면 일어나 밥 짓고 세면하고 오손도손 밥 먹고
날 내바람하고 빨래하고 청소하고 화단에 물 주고
드립 코피 한 잔 향에 취해 맛에 취해
음악 틀고 책을 보고 멀순이 데리고 산책 나가고
어머니와 점심 먹고 낮잠 자고
친구에게 전화해 두세 시간씩 수다 떨고
장에 가고 빨래 걷고 개고 수납장에 집어넣고 저녁 짓고
돌아온 나와 셋이서 밥을 먹고
보이차 내려 정다운 애기 주고받고
사다 놓은 싸구려 와인을 까서 홀짝홀짝 마시고
노래 부르고 고담준론을 씹고 등 가려우면 내게 긁어달라 하고
여자는 모름지기 신랑 앞에서도
트림은 속으로 방귀는 사절이라 하고
나이 드니 솔직히 뜨거운 밤은 기대하지 말라 하고
어머니 한 분 내 어머니와 똑같다
애정이 뚝뚝 떨어지는 봉양을 하는 여자

하,
그런 여자!

무서움을 이기는 법

다정한 사람이 좋다, 나는
얼굴, 손짓, 발짓, 몸짓,
하나하나
다정한 사람이 좋다
맨살을 부비고픈
깊은 영혼의 자리에 초대하고픈
흔들거리며
하얗게 다가오는
다정한 사람이 좋다
꽃보다 환하고
빛보다 밝은
가슴이 깨끗하고
어슴푸레 새벽보다 싱그러운
다정한 사람이 좋다
눈물이 가 닿으면 웃음이 되고
외로움이 몰려가면 잔잔한 평안이 되고
상처를 들이대면 치유가 되고
천지를 비관하면 기쁜 노래가 되고
살다 보니 어쩌다 다정한 사람이 되었네요, 뽀얗게 부서지는
내 하나의 다정한 사람이 좋다

죽음에 대한 일 고찰 2

죽음은 이렇게 시작된다

우아한 고립으로부터

고립이 심화되면
견딜 수 없는 우울증으로
우울증이 깊어지면
무서움으로
무서움이 진행되면
무서움을 전가할 대상을 찾고
힘을 뺀 휴식이 온다
휴식이 길어지면
필경 나른한 잠이 쏟아지고
자,
가자
꿈의 미로로
잡히지 않는 손을 갈구하며
햇살 좋은 오후에 가자!

어머니께 드리는 기도

어머니,
난 지금 캄캄한 밤길을 걷고 있어요
무서워요
무서워서 누군가의 보호를 간절히 원하고 있어요
그 사람이 어머니라면 좋겠지만
당신은 내게서 너무 멀리 있어요
앗,
사방에서 총소리가 나요
대포도 쏘아지고
심지어 핵폭탄도 터져요
캄보디아의 나체 소녀가 나를 지나쳐 뛰어가요
우크라이나의 어린 아가들이 숨소리 없이 즐비하게 누워있어요
내 눈에서 공포가 튀어요
내 코에서 피비린내가 진동해요
무서워요
죽겠어요
어머니!
살려주세요
제발 살려주세요
으으으
잘못했어요
앞으로는 절대 나쁜 짓 안 할게요

제발 살려주세요

엄마!

엄마!

지유명차 벚꽃 비

현실 없는 현실에 바람 분다
내 고독의 한 중앙에 비 내리고
무거운 삶의 관계가 뒤죽박죽 머리를 괴롭힌다
삼천 배의 고달픔으로
인생이란,
아무것도 아니라는
아무것도 아니어야만 한다는
낡은 상념을 되씹다
지유명차 나무 계단에서 담뱃불을 땡기며
나는 죽는다
살아서 죽는다
인연 따라 꽃비도 죽는다

지유명차 화순점(地乳茗茶和順店)

다향 감미로운
한 잔의 차를 마시노라면
다향 건너 고운 얼굴
마음 밝아지고
벚나무 꽃비 쏟아져 내려
풍월주(風月主) 누구인들 못 되랴

한 가슴 듬뿍
산그늘에 스미면
세월은 석양에 비껴있고
임 그리는 맑은 곡조
자유로이 흩어져
선인(仙人)인들 부러우랴

女人

벌이 꽃에 앉는다
이 꽃
저 꽃
맛있는 꿀을 딴다
꽃은
한껏 아름다운 치장으로
벌을 꾄다
이 색
저 색
크고 작고
그러므로
女人이여,
어제 왔던 남자
오늘 온 남자
내일 올 남자
가네
마네
따지지 말고
겉과 속
야무지게 꾸며
네 목적이나 달성하소

4월에는

죽도록 외로운데
내가 다니는 길에
보라색 작은 제비꽃 피었네
가슴이 찢어지도록 외로운데
해원네 잔디밭 노란 민들레 피었네
하나라서
외로운데
용강재 경사지 개나리 함뿍 피었네
처용의 절망이 초월로
초월이 차마 쓸쓸한 외로움인데
순결의 목련꽃 자리마다
돌개바람이 휘도네

그래,
나여,
못 견딜 외로움에
사월에는
차라리 몇 장의 지폐에 웃음을 파는 작부나 되어버려라

벚꽃 그늘에서 나는 그대가 그립다

머시당가
머시당가

대원사 가는 길
벚꽃은 흐드러졌는데

그대,

내 마음에
언제나
흐드러질랑가

할머니와 멀국이와 멀순이의 전라도길

나는 멀국이
우리 집 강아지는 멀순이
아침에 일어나 만나면
우리는 반갑다
할머니는 멀리 앉아
멀순이에게 핀잔을 준다
할머니에게는 눈치만 살살
나에게는 꼬랑지 살랑살랑
멀순이는 지혜가 없다
뼈다귀 하나라도 얻어먹으려면
그러지 말아야 할 텐데,
그것이 다 내림이랑께
아빠가 지혜가 없으니
딸도 그럴 수밖에
어쨌든 좋다
나는 멀국이
우리 집 아이는 멀순이
아침에 문을 열고
마당에서 만나면
우리끼리 신난다

4월에는 2

4월에는
나도
꽃나무가 되어야지
송이꽃으로
누군가의
외로움을
쓸쓸함을
달래주어야지
파란 하늘도
흰 구름도
느릿한 강도
고생한다
수고한다
사랑꽃으로
예쁘게
곱게
말해 주어야지
사월에는
그렇게
말해 주어야지

비 내리고

기다리자
버스 안에서
기다릴 나를 생각하며
오고 있을 사람을 기다리자

비 내리고
어둠의 북대기가 점점 커진다

기다리자
내 허리를 잡고 영화의 한 장면 같은 포옹을 그릴
사막같이 뜨거운 사람을 기다리자
빗방울이
카랑카랑 울대를 때려도
기다리자
기다려 내게 올 사람을 기다려
그에게 무슨 급한 일이 있나
그가 어디 아픈 게 아닌가
시간이 다 되어도 오지 않는 사람을
산모퉁이 돌아오는 길가에서 기다리자

차가운 습도가
얼굴에 서걱인다

또 다른 길

들길을 걸으니
들이 그리운 것이 아니었다
산길을 걸으니
산이 그리운 것이 아니었다

발자국에 아픈
세월 어디쯤에 있나
바람은 가슴을 지나가고
쓸쓸함은 쓸쓸하여
툭툭 유리창 너머
빗물에 젖는구나

주어와 목적어와 술어가
제 순서를 모르고
보어와 관형어와 감탄사가
엉망진창 얽힌
너에게 가는 꿈길을 걸으니
네가 그리운 것이 아니었다

굽은 길을 걸으니
그렇다고
굽은 길도 그리운 것이 아니었다

꽃

꽃은 피는 것
피어야 하는 것
매화는 공공연하게 피더니
작은 꽃,
넌 아무도 모르게 피었구나
지난 겨울
그 겨울을
견뎌
한 줌 햇볕 드는
마당 구석에 살풋 피었구나
그러므로
이제 네 연극의 조연이 되어달라고
봄바람에 꺼슬거리며 여린 입술로 가만히
프러포즈를 하는구나, 내게

나의 노래는

노래는 꽃
나의 노래는 꽃
매화, 벚꽃, 개나리, 목련,
어쩔 땐 키 작은 민들레

난 기타 치며 꽃이 되지

노래는 바람
나의 노래는 바람
마파람, 하늬바람, 된바람, 샛바람,
가끔은 끊어질 듯 살랑이는 실바람

난 바이올린 켜며 바람이 되지

노래는 별
나의 노래는 별
자미원(紫微垣), 태미원(太微垣), 천시원(天市垣),
종종 냇물 같은 미리내

난 피아노 두드리며 별이 되지

노래는 너
나의 노래는 너
입술, 머리카락, 콧소리, 가슴,
아주 그리고 몹시 그리움

난 늘 고운 너를 부르지

봄비

봄비 내리는
토요일 오후,
병원에 왔다
원무과에 들렀다
이름요?
주민번호요?
응급실로 들어갔다
삼십 대 후반이나 돼 보이는 의사
조금 덜 먹어 보이는 여의사
간호사 둘
어디가 아프세요?
어머니는 말 잘 듣는 개처럼
이리저리 지시대로 움직였다
어디가 어떻고 저렇고
수액은 필요 없고
약만 처방해 드리겠습니다
단 2분
원무과에 다시 들렀다
21,730원
기초수급자 의료 급여가 힘을 못 썼다
병원 앞 약국에서 약을 짓고
거꾸로 도암행

봄비가 자꾸 거추장스럽게
앞 유리에 들러붙었다
빡빡 와이퍼로 문댔다
시속 110킬로미터
갈 때도 토요일 오후
돌아올 때도 토요일 오후!

봄비 2

나는 어젯밤 아팠다
뼈가 잘리는 고통
귀 있는 너는 듣겠지
열린 귀로 들으리라 했지
나는 네가 다음날 일찍
내 방문을 두드릴 줄 알았다
아픈 나에게
몇 알의
마음의 약을 건넬 줄 알았다
그러나
바보야, 나는 바보야
거친 바람에
쏟아지는 비에
내 말이 묻혀버린 줄 몰랐으니

꽃은 하나의 이름으로 불릴 때까지

꽃은
하나의 이름으로 불릴 때까지
기다려야 했다

웅장한 산맥의 머리나 허리나 발밑에서

씨로
심기고 또 때론 제가 저를 심었고
삼엄한 나무의 폭시(暴視)에도
빛의 뼈를 빨아 몸을 칠하고
단단히 뿌리를 박아
눈물의 고독을
참고 견뎌야지
천체의 행운(行運)에 이끌려
존재의 무명(無名)은 상처가 되기에
피어야만 한다고
생명의 서사를 끊임없이 되뇌며,

꽃은 한 송이 이름을 위해
그림자처럼 긴 날을 기다렸다

봄비 3

봄입니다
찻집 통창 건너
봄비 내립니다
개천을 덮은 나무판 위로
물안개가 돋아납니다
벚꽃에 은행나무에 석류나무에 목련에
화제가 이리저리 굴러다닙니다
짠짠하게 쌍화차를 마시다
나는 들도 감상하고 산도 감상합니다
비가 얼추 개이자
찻집 여주인이 이웃 마을 이장이 준 꽃을
화단에 호미로 흙을 파고 심습니다
정갈한 자태가 꼭 하늘 여자 같습니다
아름다움이란 이런 것이구나 생각하며
멀리 경상도 형님이 보내주신
안부 답 문자를 다시 뒤적입니다
그때, 설핏, 나라면 이 꽃을 이곳에 심어야지
하는 곳에 여주인의 호미가 여지없이 박힙니다
여주인은 꽃을 심고
나는 맑은 바람이 여주인을 화단에 심는 것을
봄비 그친 수채화의 아침
단비에 푹 젖은 가슴으로 쳐다봅니다

봄비는 내려

온다,
봄비
산
가옥
사람들에게
툭툭 투두둑
경음을 울리며 온다
매화 적신다
우리 집 개 멀순이도
함빡 적신다
나무
작은 풀꽃
농기계를 깨운다
꼬두메 마을
두툼한 어둠을 깨운다
봄비,
수고(手苦) 없이 사는 내게
자꾸만 내려 쌓인다

여자는 여자만의 것이 아니다

아침 햇빛
눈부시게 밝은 곳에 살고 싶었네
그녀와 함께

붉은 노을
마음 곱게 물들이는 곳에 살고 싶었네
그녀와 함께

으깨진 삶일지라도
뭉턱 베어진 인생일지라도
붙이고
꿰매
다독다독 달래가며 살고 싶었네

어느 구도자 못지않게
바람 불면 바람에 흔들리고
어느 전도자 못지않게
비 내리면 비에 젖고 싶었네

매화향
입속에 가득하던
그녀와 함께

그렇게
행복하게 살고 싶었네
그녀와 함께

하늘에 물드노라

새살새살
매화는
제들끼리
웃고
떠들다가
한 닢
찻잔에
날아와
둥둥
떠돌더니
고요하고
깊은
취선당
하늘에
푸르게
물드노라

J에게

이렇게 하늘이 맑다, J
햇살 가득한 숲에서
해초 같은 목소리가 퍼진다
그건 너를 좇는
싱싱한 수천의 비어(鼻語)
나는 비어들의 걸음을 줍는다
느릿한 비어들도 줍는다
네 고향 가는 길
내가
너에게
들이대던 악다구니
이제는 잊어버렸으리라
다 잊혀져 버렸으리라
네 가슴에 파묻었던
바람 소리 들린다
그리고 이렇게 하늘이 푸르다, J

그랬으면

똥구멍을 닦았습니다
거친 신문지를
꼬들꼬들 구겨서 닦아냈습니다

바지춤을 올리다 말고
어정쩡 자작시를 봅니다
시도 마찬가집니다
서툴지만 마음으로 닦았습니다
삐뚤빼뚤 못났지만 열정으로 닦았습니다
어설프지만 성심성의껏 닦아냈습니다

끄응,
'하루의 시작은 뒷간에서'
뒷간 편액을 뒤로하고 힘찬 하루를 내딛습니다

꿈 마실

한 여자

내 슬픔을
감당하지 못한 여자

내 서러움을
뿌리친 여자

내 운명이
아니라 했던
여자

그러나
이제 밤마다
꿈 마실 오는 여자

봄이 왔어요

봄이 왔어요
난 둘레 숲
샘가에서
놀아요
하늘도 와서
바람도 와서
쭈빗쭈빗
들여다보고
가네요
아움,
봄이 왔어요
난 둘레 꽃
샘물을
마셔요

꽃 2

네가
꽃이 아니면
3월은 봄이 아니네
내 꽃
네가 아니면
천지의 무엇이
나를 당길까
한 아름 너를 꺾어
골목길 들어설 때
흐음,
네가
바람이 아니라면
3월도 봄은 아니라네

나의 사랑

나는
네 숲을
사랑했네
물 맑은 샘과
주변의 바위를
사랑했네
비릿한
목소리에
한 움큼 부풀던
가슴을
사랑했네
불러도
꿈쩍 않던
꿈속의
네 입술을
사랑했네
돌아보면
세월 따라
삭아버릴
너의
육신을
사랑했네
그랬네

목련

렛 미 프리
인생을 걸고
렛 미 프리
나를 놔줘요
봄이었던가
인문대 앞
잔디밭에
울면서
너는
렛 미 프리
모든 신경을 모아
렛 미 프리
우린 인연이 아니에요
고운 볕
네 울음
저쪽에
하얀 목련이
떨고 있었네
렛 미 프리

눈을 감고도 가는 길

저,
산모퉁이 돌아가면
임 밟은 낙엽 소리 들릴 테지
몇백 마리 참새 떼가
깃든
숲 덤불이며
나목들의
용트림도 보일 테고
맑은 햇빛을 지치는
냇물도 흘러
그리운
아니,
차라리 아득한 미련
그리고
배꼽이 터져라 웃는
승려의 거처엔
버려진 눈물 수만 가마
하여,
거기에선
한 번만 쥐라
한 번만 쥐도 될 테지
바람이 불 테지
춘풍이 불 테지

봄바람

저, 젊은 농부님

살랑이는 봄바람
세 가마를
느티나무 둥치에
묶어 놓더니

한 가마는
논에

한 가마는
밭에

한 가마는
들너미 처녀 가슴에
뿌렸더라

산마을에서 놀다 보면

오겠지
누군가
오겠지
하염없이
기다리면
들판 건너
오겠지
산마을에서
노을과
놀다 보면
꽃바람 거느리고
누군가
오겠지
꼭
오겠지

술에 취해

술에 취해
걷는
길은
얼마나 자유한가
한 몸
어쩌지 못해
도랑에
빠질 듯
청춘의 달님은
저물어 가고
애기 별님 눈동자만
떵굴떵굴
끄응,
술에 취해
목에 걸린
노래는
얼마나 멀미 나는가